Nathalie Nguyen

SUZI WAN®

MINI
gourmands | SOLAR EDITIONS

Sommaire

Introduction

La cuisine asiatique est certainement l'une des plus réputées au monde. Chaque recette reflète un aspect régional, une culture, un art de vivre. Qu'il vienne de Chine, du Vietnam, du Japon ou d'Inde, chaque met est travaillé dans les moindres détails. Équilibrées, parfumées et colorées, ces recettes ont l'avantage de plaire à tout le monde : les grands gourmets comme les petits gourmands !

Aujourd'hui, avec la vague de la « cuisine fusion », les saveurs asiatiques se sont associées à celles qui nous sont plus familières. Ce livre a été conçu comme un jeu, un parcours initiatique pour comprendre les clés des assaisonnements asiatiques et pouvoir les adapter à tout ce que vous désirez.

Et n'oubliez pas qu'avant tout, la gastronomie asiatique est une cuisine de partage et de convivialité.

Dans votre cuisine, prévoyez d'avoir à votre disposition :

- de la sauce soja ;
- de la sauce nuoc-mâm ;
- de l'huile de sésame ;
- de la crème de coco ;
- du lait de coco ;
- de la purée de piments ;
- du mirin (un vinaigre de riz disponible au rayon asiatique des grandes surfaces) ;
- du curry ;
- du cinq-épices ;
- du quatre-épices ;
- du gingembre frais ;
- des herbes fraîches (menthe, coriandre...).

Rouleaux de printemps verts

Pour 4 personnes
Préparation : 30 min
Cuisson : 15 min

8 feuilles de riz

150 g de nouilles de soja Suzi Wan®

16 pois gourmands

1 concombre pelé

2 salades sucrines (ou romaines)

1 botte de radis roses

1 botte de menthe fraîche

1 botte de coriandre

1 cuill. à café de purée de piments Suzi Wan®

1 cuill. à café de sauce soja salée Suzi Wan®

1 cuill. à café d'huile de sésame

4 pincées de graines de sésame noir (1 pincée par assiette)

• Faites cuire les nouilles de soja selon les indications portées sur l'emballage, puis passez-les sous un filet d'eau froide.

• Faites cuire les pois gourmands 5 minutes dans une casserole d'eau bouillante, puis passez-les sous un filet d'eau froide.

• Découpez le concombre en bâtonnets en en ôtant le cœur.

• Coupez les sucrines en julienne et les radis roses en tranches très fines. Effeuillez la menthe et la coriandre. Réservez chacun de ces ingrédients dans un bol différent.

• Préparez la vinaigrette en mélangant la purée de piments Suzi Wan®, la sauce soja Suzi Wan® et l'huile de sésame.

• Imbibez légèrement une feuille de riz d'eau froide et disposez-la sur un linge propre. Saupoudrez de quelques graines de sésame noir. Déposez à la base de la feuille de riz un peu de sucrine, 2 pois gourmands, un peu de nouilles de soja, du concombre, du radis rose, quelques feuilles de menthe et de coriandre. Déposez une cuillerée à café de vinaigrette sur les ingrédients. Rabattez les côtés de la feuille de riz, ainsi que le côté inférieur. Serrez la farce et roulez vers le haut. Renouvelez l'opération avec les autres feuilles de riz.

Petit + *Les premiers ingrédients que vous déposez sur la feuille de riz seront visibles, par transparence. Jouez avec les couleurs, le rose des radis, par exemple.*

Barquettes de viande croustillante

Pour 4 personnes
Préparation : 10 min
Cuisson : 12 min

400 g de bœuf haché

1 noix de gingembre

1 oignon

2 salades sucrines (ou romaines)

1 botte de coriandre

3 cuill. à soupe de sauce soja sucrée Suzi Wan®

1 cuill. à café de purée de piments Suzi Wan®

1 filet d'huile d'olive

• Épluchez et hachez le gingembre. Pelez et émincez l'oignon. Mélangez la viande hachée avec la sauce soja et la purée de piments.

• Dans une poêle, faites revenir dans l'huile d'olive le gingembre et l'oignon, 2 minutes à feu moyen. Rajoutez la viande et mélangez bien à l'aide d'une cuillère en bois. Laissez dorer 10 minutes.

• Effeuillez les sucrines et lavez-les. Garnissez chaque feuille de hachis et parsemez d'un peu de coriandre.

Petit + *Servez ces barquettes avec de la sauce pour nems Suzi Wan®. Roulez bien la barquette entre vos doigts et trempez-la dans la sauce avant de déguster.*

La sucrine est une petite salade croquante que l'on trouve facilement partout.

Sushis croustillants

Pour 4 personnes
Préparation : 20 min
Refroidissement : 1 h
Cuisson : 30 min

100 g de riz rond
1 blanc de poulet
1 œuf
50 g de chapelure
2 cuill. à soupe de vinaigre de riz
1 flacon de sauce soja sucrée Suzi Wan®
1 cuill. à soupe de sucre
Huile de friture (pour la casserole)
Sel

• Lavez le riz jusqu'à ce que l'eau soit bien claire. Faites-le cuire à la casserole (ou à l'autocuiseur si vous en avez un), puis laissez-le complètement refroidir.

• Dans un bol, mélangez le vinaigre de riz, le sucre et une pincée de sel. Incorporez délicatement ce mélange au riz.

• Coupez le blanc de poulet en tranches. Battez l'œuf en omelette. Trempez chaque tranche de poulet dans l'œuf puis dans la chapelure. Faites frire ces morceaux dans l'huile de friture bien chaude jusqu'à ce qu'ils soient dorés. Déposez-les ensuite sur du papier absorbant.

• Humidifiez vos mains et formez une petite boule de riz. Aplatissez-la largement avec votre paume, puis roulez-la légèrement pour lui donner une forme allongée. Renouvelez l'opération avec le reste de riz.

• Ajoutez un morceau de poulet frit sur chaque boule de riz. Au moment de servir, arrosez de sauce soja.

Petit + *Pour savoir si votre huile de friture est assez chaude, trempez le bout d'une baguette en bois. Si l'huile se met à faire des bulles, c'est bon !*

Brochettes de viande à la pomme

Pour 4 personnes
Préparation : 15 min
Cuisson : 10 min

300 g de porc haché

1 blanc d'œuf

10 g de champignons noirs déshydratés Suzi Wan®

1 pomme granny-smith

2 gousses d'ail

3 échalotes

1 botte de menthe

2 cuill. à soupe de sauce soja sucrée Suzi Wan®

2 cuill. à soupe d'huile de friture

Un peu de farine

• Mettez les champignons noirs à tremper 15 minutes dans un bol d'eau tiède. Dans un saladier, mélangez le porc haché avec le blanc d'œuf et la sauce soja. Pelez les échalotes et les gousses d'ail.

• À l'aide d'un mixeur, mixez les champignons noirs, l'ail et les échalotes. Incorporez ce mélange au porc haché.

• Formez des boulettes de viande de 2 cm de diamètre et farinez-les légèrement.

• Pelez et épépinez la pomme, puis coupez-la en dés de 2 cm de côté.

• Dans une poêle, faites chauffer l'huile de friture. Faites-y dorer les boulettes, puis déposez-les sur du papier absorbant.

• À l'aide de cure-dents, piquez tour à tour une feuille de menthe, un dé de pomme, une boulette de viande et un autre dé de pomme.

Petit + *N'oubliez pas d'arroser vos dés de pomme de quelques gouttes de citron pour éviter qu'ils noircissent.*

Pour rouler facilement le porc haché en boulettes, pensez à bien humidifier vos mains au préalable.

Fruits de mer aux champignons noirs

Pour 4 personnes
Préparation : 15 min
Cuisson : 30 min

€€€

80 g de vermicelles de soja Suzi Wan®

80 g de coques

80 g de petits poulpes

80 g de champignons noirs déshydratés Suzi Wan®

80 g de pousses de bambou Suzi Wan®

2 gousses d'ail

1 botte de coriandre

50 cl de vin blanc

3 cuill. à soupe de sauce nuoc-mâm Suzi Wan®

1 cuill. à café de piment

2 filets d'huile d'olive

Sel

- Mettez les champignons noirs à tremper 15 minutes dans un bol d'eau tiède. Faites cuire les vermicelles de soja selon les indications de l'emballage. Ajoutez un filet d'huile d'olive pour éviter qu'ils collent.

- Lavez les coques deux fois, en les faisant tremper dans une grande quantité d'eau salée pendant 10 minutes environ. Égouttez bien.

- Pelez et émincez les gousses d'ail, puis faites-les revenir dans une marmite avec un filet d'huile d'olive. Ajoutez les poulpes et faites-les revenir quelques secondes, puis versez le vin blanc. Baissez le feu, couvrez et laissez cuire 15 minutes. Ajoutez les coques, les champignons noirs et les pousses de bambou. Terminez la cuisson à découvert, jusqu'à ce que les coques soient bien ouvertes.

- Ajoutez la sauce nuoc-mâm et le piment, mélangez bien et servez immédiatement, parsemé de feuilles de coriandre et accompagné de vermicelles.

Petit + *Les coques et les poulpes ont une valeur gustative indéniable ! Néanmoins, n'hésitez pas à réaliser cette recette avec des moules, des seiches, des langoustines…*

Bruschetta de crabe et sauce soja

Pour 4 personnes
Préparation : 15 min
Cuisson : 5 min

2 tomates

1 courgette

4 oignons nouveaux

150 g de miettes de crabe

4 tranches de pain de campagne

Le jus de 1 citron jaune

1 cuill. à soupe de sauce soja salée Suzi Wan®

1 cuill. à café de purée de piments Suzi Wan®

1 botte de cerfeuil

1 gousse d'ail pelée

1 cuill. à soupe d'huile d'olive

- Lavez les tomates et coupez-les en dés. Lavez et râpez la courgette, puis ciselez finement les oignons.
- Mélangez la chair de crabe avec la sauce soja, le jus de citron et la purée de piments. Ajoutez les légumes. Réservez au frais.
- Faites griller les tranches de pain. Puis, à l'aide d'un pinceau, huilez-en les deux faces puis frottez-les avec la gousse d'ail.
- Couvrez généreusement les tranches de pain du mélange légumes/crabe et de cerfeuil haché, puis dégustez sans attendre.

Petit + *Vous pouvez remplacer le crabe par du thon au naturel. Pour une version moins iodée, préférez du jambon de Parme.*

Bouchées de riz « onigiri »

Pour 4 personnes
Préparation : 20 min
Cuisson : 10 min

200 g de riz rond
80 g de thon en boîte
10 g de pousses de bambou Suzi Wan®
1 cuill. à soupe de fromage blanc
1 botte de ciboulette
1 échalote
1 feuille de nori
1 cuill. à café de sauce soja salée Suzi Wan®

• Faites cuire le riz dans un grand volume d'eau salée, puis laissez-le refroidir.

• Découpez les pousses de bambou en petits dés et ciselez très finement la ciboulette. Ajoutez-les au riz et mélangez bien.

• Pelez et émincez finement l'échalote. Dans un bol, écrasez le thon à l'aide d'une fourchette. Ajoutez l'échalote, le fromage blanc et la sauce soja. Mélangez bien.

• Humidifiez vos mains et formez une boule de riz de 50 g environ. Aplatissez-la bien entre vos mains. Ajoutez une cuillerée à café de thon au centre et refermez la boule de riz en la roulant entre vos mains.

• Découpez une bande dans la feuille de nori et collez-la à la boulette. Procédez de même avec le reste des ingrédients.

Petit + *Donnez la forme caractéristique de l'onigiri en façonnant un triangle : serrez l'onigiri entre vos mains, une main reste droite tandis que l'autre est pliée. Répétez l'opération pour obtenir un beau triangle.*

Dans la recette traditionnelle, moins légère, le fromage blanc est remplacé par de la mayonnaise, dont les Japonais sont friands.

Salade thaïe au bœuf mariné

Pour 4 personnes
Préparation : 30 min
Marinade : 30 min

€€

200 g de bœuf cru émincé
Le jus de 2 citrons verts
2 échalotes
80 g de roquette
20 g de germes de soja Suzi Wan®
1 botte de menthe fraîche
1 botte de coriandre
10 g de cacahuètes
10 g d'oignons frits
4 cuill. à café de sauce nuoc-mâm Suzi Wan®
1 cuill. à café de purée de piments Suzi Wan®
1 cuill. à café de sucre

• Pelez et émincez finement les échalotes.

• Dans un bol, mélangez la sauce nuoc-mâm, la purée de piments, le sucre, le jus des citrons verts et les échalotes. Badigeonnez la viande de cette marinade et réservez 30 minutes au frais.

• Ciselez finement la menthe et la coriandre. Équeutez les germes de soja. Mélangez le tout dans un saladier, avec la roquette préalablement lavée et essorée.

• Concassez les cacahuètes à l'aide d'un mortier.

• Au moment de servir, mettez le bœuf (qui a cuit grâce à la marinade au citron) sur la roquette, puis ajoutez les cacahuètes et les oignons frits.

Petit + *Cette salade peut être adaptée à tous les goûts. Vous pouvez remplacer la roquette par de la mâche, de la salade romaine ou de la laitue. L'assaisonnement se fait grâce à la viande ; n'hésitez donc pas à bien la mélanger à la salade.*

Poulet coco-abricot

Pour 4 personnes
Préparation : 30 min
Cuisson : 30 min

4 blancs de poulet
150 g de chapelure
2 gousses d'ail pelées
50 g de noix de coco râpée
1 œuf
100 g d'abricots secs
1 cuill. à soupe de crème de coco Suzi Wan®
8 noix de beurre
Sel et poivre du moulin

- Préchauffez le four à 200 °C (th. 6-7).
- À l'aide d'un mixeur, mixez les gousses d'ail, puis frottez-les sur les blancs de poulet. Ajoutez une pincée de sel et une cuillerée à café de poivre.
- Dans un bol, mélangez la chapelure et la noix de coco râpée. Battez l'œuf en omelette dans un autre bol.
- Trempez tour à tour les blancs de poulet dans l'œuf battu puis dans la poudre chapelure-coco.
- Disposez les blancs de poulet sur une plaque de four recouverte de papier sulfurisé et déposez une noix de beurre sur chacun. Faites cuire 15 minutes, puis retournez le poulet et déposez de nouveau une noix de beurre sur le dessus de chaque morceau. Laissez cuire encore 15 minutes.
- À l'aide d'un mixeur, mixez finement les abricots avec la crème de coco et réservez au frais.
- Servez le poulet accompagné d'un bol de riz et de la sauce coco-abricot.

Petit + *Vous pouvez remplacer la chapelure par de la panure Panko®. Il s'agit d'une panure japonaise composée de flocons de pain : le rendu est croustillant à souhait et aérien ! Vous pouvez également mixer simplement un reste de pain rassis.*

Saumon laqué à la sauce soja

Pour 4 personnes
Préparation : 15 min
Cuisson : 30 min

€€€

- 4 pavés de saumon
- 240 g de vermicelles de soja Suzi Wan®
- 1 noix de gingembre
- 5 cuill. à soupe de miel
- 3 cuill. à soupe de sauce soja sucrée Suzi Wan®
- 1 cuill. à café de purée de piments Suzi Wan®

• Préchauffez le four à 180 °C (th. 6) en position gril.

• Pelez et hachez le gingembre.

• Dans une casserole, faites bouillir le miel, la sauce soja, le gingembre haché, la purée de piments et 15 cl d'eau. Laissez réduire cette sauce de moitié.

• Dans une autre casserole, faites cuire les vermicelles de soja selon les indications portées sur l'emballage.

• Sur une plaque de four recouverte de papier sulfurisé, disposez les filets de saumon. Faites cuire au four 15 minutes, en prenant soin de rajouter de la sauce toutes les 2 minutes.

• Servez les filets de saumon sur les vermicelles de riz.

Petit + *Pour bien dresser vos vermicelles de riz, utilisez une fourchette. Roulez les vermicelles et servez-les en boule.*

SUZI WAN
Sauce soja sucrée
Ketjap saus
125ml

Wok de bœuf au lait de coco

Pour 4 personnes
Préparation : 1 h
Marinade : 1 h
Cuisson : 30 min

€€

400 g de rumsteck émincé
350 g de nouilles aux œufs Suzi Wan®
2 gousses d'ail
1 oignon
1 botte de basilic
1 noix de gingembre hachée
25 cl de lait de coco Suzi Wan®
1 cuill. à soupe de sauce soja salée Suzi Wan®
1 cuill. à café de coriandre en poudre
1 cuill. à café de cumin
1 cuill. à café de cannelle en poudre
1 cuill. à café de purée de piments Suzi Wan®
1 filet d'huile d'olive
Sel, poivre

- Dans un saladier, mélangez le bœuf émincé avec le gingembre, la coriandre, le cumin, la cannelle et la purée de piments. Assaisonnez à votre convenance. Laissez mariner au frais pendant 1 heure.
- Pelez et émincez l'oignon. Pelez les gousses d'ail. Rincez et ciselez le basilic.
- Versez le contenu du saladier dans un wok, arrosez d'un filet d'huile d'olive et faites dorer le tout une dizaine de minutes en remuant de temps en temps. Retirez le bœuf et, dans le même wok, disposez les gousses d'ail préalablement hachées et l'oignon émincé. Ajoutez le lait de coco et la sauce soja. Portez à ébullition, éteignez le feu, puis ajoutez le basilic ciselé.
- Faites cuire les nouilles aux œufs selon les indications portées sur l'emballage. Ajoutez-les ensuite dans le wok, avec le lait de coco et le bœuf. Mélangez bien.

Petit + *Le basilic s'allie parfaitement aux saveurs asiatiques. N'hésitez pas à choisir du basilic thaï, plus puissant et plus épicé.*

Filets de bar à la crème de coco

Pour 4 personnes
Préparation : 15 min
Cuisson : 30 min

€€€

4 filets de bar

25 cl de crème de coco Suzi Wan®

1 carotte

2 gousses d'ail

1 oignon

200 g de vermicelles de riz Suzi Wan®

40 g de germes de soja Suzi Wan®

1 cuill. à café de curry

1 cuill. à café de quatre-épices

2 cuill. à café de Maïzena®

30 g de beurre

1 cuill. à soupe d'huile d'olive

Sel, poivre

• Diluez la Maïzena® dans une cuillerée à soupe d'eau.

• Pelez et émincez les gousses d'ail et l'oignon. Faites-les suer dans une poêle avec l'huile d'olive, le curry et le quatre-épices. Mixez ce mélange avec la crème de coco, puis repassez le tout sur le feu avec la Maïzena®. Remuez bien avec un fouet et laissez cuire à petits bouillons 5 minutes.

• Faites cuire les vermicelles de riz selon les indications portées sur l'emballage.

• Pelez et râpez la carotte, puis équeutez les germes de soja.

• Dans une poêle, faites fondre une noix de beurre puis, à feu moyen, faites cuire les filets de bar sur une seule face pendant 8 minutes. Arrosez-les régulièrement de beurre. Retirez les filets de bar.

• Dans la même poêle, enrobez la carotte râpée et les germes de soja du beurre restant.

• Servez les filets de bar accompagnés de vermicelles de riz et de sauce coco-oignon, et surmontés de carottes aux germes de soja. Assaisonnez à votre convenance.

Petit + *Vous pouvez réaliser cette recette avec n'importe quel poisson à chair blanche.*

SUZI WAN
Crème de Coco Kokosroom
200ml

Nouilles au gingembre et aux pleurotes

Pour 4 personnes
Préparation : 10 min
Cuisson : 15 min

350 g de nouilles aux œufs Suzi Wan®

400 g de pleurotes

1 noix de gingembre pelée

2 oignons

20 g de roquette

50 g de cacahuètes

2 cuill. à soupe de sauce soja salée Suzi Wan®

1 cuill. à soupe de miel

2 cuill. à soupe d'huile de sésame

Sel, poivre

- Faites cuire les nouilles aux œufs selon les indications portées sur l'emballage.
- Pelez et émincez finement les oignons. Dans une poêle, faites-les suer avec les pleurotes, jusqu'à l'absorption totale de l'eau.
- À l'aide d'un mixeur, mixez les cacahuètes avec le gingembre, la sauce soja, le miel et l'huile de sésame. Ajoutez ce mélange aux pleurotes. Assaisonnez à votre convenance.
- Servez les nouilles accompagnées d'un peu de roquette.

Petit + *La taille de la noix de gingembre peut varier en fonction de vos goûts : 2 cm de largeur pour les amateurs de cuisine très épicée, 1 cm suffira pour ceux qui préfèrent des mets plus doux.*

Tataki de bœuf et concombre au raifort

Pour 4 personnes
Préparation : 1 h
Cuisson : 5 min
Marinade : 12 h

500 g de rôti de bœuf
1 oignon
2 carottes
1 grosse noix de gingembre
1 gousse d'ail
20 cl d'huile de sésame + 1 filet
50 cl de sauce soja salée Suzi Wan®
30 cl de mirin ou de vin blanc légèrement sucré
1 cuill. à soupe de sucre
½ concombre
150 g de faisselle
10 g de raifort râpé
20 g de miel
1 botte de coriandre
4 pincées de sésame blanc grillé

• La veille, pelez les carottes, le gingembre, l'oignon et l'ail, puis mixez-les finement. Versez le tout dans un sac congélation hermétique avec le mirin, la sauce soja, le sucre et l'huile de sésame. Mélangez bien.

• Dans une poêle bien chaude antiadhésive, faites saisir chaque côté du rôti pendant 1 minute. Laissez-le refroidir dans le sac congélation puis ajoutez-le avec la marinade. Laissez reposer toute la nuit au frais.

• Le lendemain, pelez le concombre, évidez-le et coupez-le en tronçons de 5 cm de longueur. Dans un bol, mélangez la faisselle, le raifort, le miel et un filet d'huile de sésame, puis remplissez-en les tronçons de concombre.

• Découpez le rôti mariné en fines tranches et disposez-les sur une assiette autour des morceaux de concombre. Parsemez de feuilles de coriandre et de graines de sésame grillées.

Petit + *Versez la marinade dans une fine passoire et proposez-la en sauce à vos convives ! Si vous avez du mal à trouver du mirin, utilisez un vin blanc légèrement sucré, comme le muscat.*

Sandwichs vietnamiens (Bánh mì)

Pour 4 personnes
Préparation : 30 min
Cuisson : 5 min

€€

1 baguette de pain
8 tranches de rôti de porc
8 tranches de pâté de foie asiatique
1 carotte
1 oignon
½ concombre
1 botte de coriandre
2 cuill. à soupe de vinaigre de riz
2 cuill. à soupe de mirin
1 cuill. à soupe d'huile de sésame grillé
1 filet de sauce soja salée Suzi Wan®
Purée de piments Suzi Wan® (selon le goût)
Mayonnaise (selon le goût)
Beurre (selon le goût)

• Dans une casserole, portez 50 cl d'eau à ébullition. Pelez et râpez la carotte. Pelez et émincez finement l'oignon. Ébouillantez-les dans la casserole.

• Hors du feu, ajoutez le vinaigre de riz et le mirin. Laissez macérer jusqu'à ce que l'eau ait refroidi, puis égouttez les légumes. Dans un saladier, mélangez-les avec l'huile de sésame grillé.

• Pelez et évidez le concombre, puis coupez-le en longs bâtonnets.

• Coupez la baguette en quatre morceaux. Ouvrez-les en deux, beurrez un côté de la mie à votre convenance et tartinez l'autre moitié de mayonnaise. Ajoutez un peu de purée de piments. Garnissez de rôti de porc, de pâté de foie, de bâtonnets de concombre et de légumes. Terminez avec un filet de sauce soja et quelques feuilles de coriandre.

Petit + *Le* Bánh mì *– traduction vietnamienne de « pain de mie », qui désigne en fait une baguette de pain – est le résultat d'une fusion entre la cuisine vietnamienne et la cuisine française, née pendant la colonisation. Vous trouverez le rôti de porc et le pâté de foie dans les épiceries asiatiques.*

Porc rôti et purée au lait de coco

Pour 4 personnes
Préparation : 30 min
Marinade : 12 h
Cuisson : 1 h

- 500 g de poitrine de porc
- 400 g de pommes de terre à purée
- 8 cl de lait de coco Suzi Wan®
- 20 g de beurre
- 2 cuill. à café de miel
- 2 cuill. à café de sauce soja salée Suzi Wan®
- 2 cuill. à café d'huile de sésame
- 1 cuill. à soupe de vinaigre blanc
- 2 cuill. à café de cinq-épices
- 3 cuill. à soupe de gros sel
- Sel, poivre

• À l'aide d'un couteau, faites des entailles dans la poitrine de porc, côté peau et côté viande.

• Dans un saladier, mélangez le cinq-épices, la sauce soja, le miel et l'huile de sésame. Déposez la viande dans cette préparation et laissez mariner toute une nuit.

• Préchauffez le four à 180 °C (th. 6).

• Disposez la poitrine de porc sur la grille du four, côté peau sur le dessus. Disposez une plaque en dessous de cette grille pour que la graisse s'y écoule. Couvrez la poitrine de porc de gros sel et faites cuire 30 minutes. Sortez la poitrine de porc et enlevez tout le gros sel. À l'aide d'un pinceau, badigeonnez la peau de vinaigre blanc, puis enfournez et poursuivez la cuisson 20 minutes, jusqu'à ce que la peau soit bien dorée.

• Épluchez et faites cuire les pommes de terre dans un grand volume d'eau. Passez-les ensuite au presse-purée. Mélangez la purée avec le beurre et le lait de coco. Assaisonnez à votre convenance puis servez avec des tranches de porc.

Petit + *Le porc rôti est une recette asiatique traditionnelle. Pour une meilleure tenue pendant la cuisson, posez d'abord la poitrine dans un plat et recouvrez-le d'eau bouillante. Laissez reposer 5 minutes, puis épongez le morceau de viande avec du papier absorbant.*

Papillotes épicées au cabillaud

Pour 4 personnes
Préparation : 15 min
Cuisson : 25 min

4 filets de cabillaud
4 nouilles en nid Suzi Wan®
2 tomates
1 oignon
1 poivron vert
Le zeste de 1 citron vert non traité
1 botte de coriandre
4 cuill. à soupe de lait de coco Suzi Wan®
1 cuill. à café de purée de piments Suzi Wan®
1 cuill. à soupe de sauce soja sucrée Suzi Wan®
Sel, poivre

• Préchauffez le four à 180 °C (th. 6).

• Coupez le poivron en petits dés et réservez.

• Pelez et émincez finement l'oignon. Coupez les tomates en quartiers. Faites revenir le tout quelques minutes dans une petite casserole. Ajoutez la purée de piments, la sauce soja et le lait de coco, puis laissez mijoter 10 minutes.

• À l'aide d'un mixeur, mixez la préparation précédente, puis ajoutez les dés de poivron. Passez les nouilles sous l'eau froide.

• Dans une papillote, superposez une nouille en nid, un filet de cabillaud et 2 cuillerées à soupe de sauce tomate aux poivrons. Parsemez chaque papillote d'un peu de zeste de citron vert, assaisonnez, fermez et faites cuire au four 15 minutes.

• Servez vos papillotes décorées de quelques feuilles de coriandre.

Petit + *Vous pouvez également réaliser cette recette à la vapeur. Réduisez alors le temps de cuisson à 8 minutes.*

Nouilles aux pleurotes

Pour 4 personnes
Préparation : 30 min
Cuisson : 30 min

250 g de nouilles aux œufs Suzi Wan®

200 g de pleurotes hachées

2 échalotes

2 carottes

20 cl de vin blanc

30 cl de fond brun lié

50 g de crème fraîche

1 botte de persil

20 g de parmesan

20 g beurre

Sel, poivre

- Pelez les carottes et découpez-les en bâtonnets.
- Faites cuire les nouilles aux œufs dans de l'eau bouillante pendant 30 secondes. Égouttez-les et mélangez-les avec la moitié du beurre pour éviter qu'elles collent.
- Lavez les pleurotes et découpez-les en petits dés. Faites-les suer dans une poêle avec les échalotes hachées et le reste du beurre, à feu vif. Ajoutez le vin blanc et laissez le liquide s'évaporer.
- Ajoutez les carottes, le fond brun et la crème fraîche. Éteignez le feu dès que le mélange devient crémeux et assaisonnez.
- Mélangez la sauce et les nouilles, saupoudrez de parmesan et parsemez généreusement de persil haché.

Petit + *Un bon plat végétarien ! Mais vous pouvez parfaitement ajouter des lardons rissolés dans la préparation !*

Galettes de poulet à la citronnelle

Pour 4 personnes
Préparation : 15 min
Cuisson : 35 min

700 g de blancs de poulet
20 cl de lait de coco Suzi Wan®
2 échalotes
1 bâton de citronnelle
500 g de riz basmati
1 cuill. à soupe de sauce soja salée Suzi Wan®
1 botte de coriandre
1 cuill. à soupe d'huile d'olive
Sel, poivre

- Préchauffez votre four à 180 °C (th. 6).
- Faites cuire le riz dans une fois et demie son volume d'eau pendant 20 minutes.
- Pelez les échalotes, puis hachez-les finement avec le blanc de poulet et le bâton de citronnelle.
- Dans un saladier, mélangez le poulet, les échalotes, la citronnelle, le lait de coco et la sauce soja. Assaisonnez, puis mouillez bien vos mains avant de former des galettes de 6 cm de diamètre environ.
- Versez un filet d'huile d'olive dans une poêle bien chaude, puis faites cuire les galettes 1 minute sur chaque face.
- Déposez les galettes sur la plaque du four recouverte de papier cuisson, enfournez et laissez cuire 10 minutes.
- Égouttez le riz. Servez les galettes et le riz parsemés de feuilles de coriandre.

Petit + *Vous pouvez remplacer le poulet par du veau ou du porc. Le top du top ? Trempez les galettes dans de la sauce nuoc-mâm !*

Lait
de Coco
Kokosmelk
SUZI WAN
200 ml

Rougets marinés à l'aigre-douce

Pour 4 personnes
Préparation : 15 min
Cuisson : 2 min

€€€

8 filets de rouget

1 tomate

1 tranche d'ananas

Le jus de 1 citron vert

1 cuill. à soupe de sauce soja salée Suzi Wan®

4 chips de crevettes Suzi Wan®

1 cuill. à soupe de vinaigre balsamique

3 cuill. à soupe d'huile d'olive + un peu pour la plaque

Sel

- Préchauffez le four à 180 °C (th. 6) en position gril.
- Coupez la tomate et l'ananas en dés.
- Dans un bol, mélangez la sauce soja, le vinaigre balsamique et 2 cuillerées à soupe d'huile d'olive. Versez cette sauce sur les dés de tomate et d'ananas.
- Sur une plaque de four recouverte de papier sulfurisé légèrement huilé, déposez les filets de rouget côté peau. Arrosez de jus de citron vert, ajoutez une pincée de sel et un filet d'huile d'olive. Faites cuire au four 2 minutes.
- Déposez sur chaque assiette une cuillerée à soupe de dés de tomate et d'ananas. Placez un filet de rouget par-dessus et saupoudrez de chips de crevettes écrasées.

Petit + *Manipulez les filets de rouget avec précaution, ce poisson est très fragile.*

Si vous avez la chance d'avoir une salamandre chez vous, ou une option « gril » sur votre four, n'hésitez pas : la cuisson sera d'autant plus réussie.

Soupe aux crevettes

Pour 4 personnes
Préparation : 30 min
Cuisson : 15 min
Infusion : 30 min

20 crevettes roses
4 oignons nouveaux
15 g de champignons noirs déshydratés Suzi Wan®
40 g de pousses de bambou Suzi Wan®
Le jus de 2 citrons verts
4 nouilles en nid Suzi Wan®
1 noix de gingembre
2 bâtons de citronnelle
25 cl de crème de coco Suzi Wan®
2 cuill. à café de sauce nuoc-mâm Suzi Wan®
1 cuill. à café de curry
1 cuill. à café de purée de piments Suzi Wan®
1 cuill. à café de sucre
1 cuill. à soupe d'huile d'olive
Sel, poivre

• Émincez la tête des oignons nouveaux et ciselez la partie verte. Coupez finement les bâtons de citronnelle et faites tremper les champignons noirs pendant 15 minutes dans un bol d'eau tiède avant de les émincer.

• Dans une casserole, faites revenir la tête des oignons nouveaux avec un peu d'huile d'olive. Ajoutez ensuite la crème de coco et 25 cl d'eau, puis la noix de gingembre et les bâtons de citronnelle ciselés. Faites bouillir à petits bouillons et laissez infuser 30 minutes. Passez le tout au chinois.

• Remettez la préparation dans une casserole. Faites à nouveau chauffer à feu doux et ajoutez la sauce nuoc-mâm, le curry, le sucre, la purée de piments, les champignons noirs et les pousses de bambou. Assaisonnez à votre convenance.

• Dans la casserole, ajoutez les crevettes et les nouilles en nid, sans remuer, et laissez cuire 5 minutes.

• Dressez en disposant dans des assiettes creuses un nid de nouilles, des crevettes, puis la soupe parsemée de vert d'oignons nouveaux. Arrosez de jus de citron vert.

Petit + *L'idéal est de garder les nouilles en nid intactes afin de présenter de jolies assiettes. C'est pour cela qu'il faut juste les plonger dans le jus de cuisson sans remuer.*

Grillades asiatiques

Pour 4 personnes
Préparation : 15 min
Marinade : 1 h
Cuisson : 30 min

1 kg de travers de porc

4 cuisses de poulet

3 échalotes

2 gousses d'ail

1 noix de gingembre

6 cuill. à soupe de miel

3 cuill. à soupe de sauce soja sucrée Suzi Wan®

3 cuill. à soupe de sauce nuoc-mâm Suzi Wan®

1 cuill. à café de cinq-épices

1 filet d'huile d'olive

- Dans un saladier, mélangez le miel, la sauce soja, la sauce nuoc-mâm et le cinq-épices. Pelez et hachez les échalotes, les gousses d'ail et le gingembre, puis ajoutez-les à ce mélange. Versez le tout dans une casserole et faites cuire jusqu'à ébullition. Éteignez le feu. Laissez refroidir.
- Disposez les cuisses de poulet et les travers de porc dans la préparation précédente et laissez mariner au frais au moins 1 heure.
- Versez un petit filet d'huile d'olive sur les viandes et faites cuire vos grillades au barbecue pendant 20 minutes environ, en les retournant régulièrement.

Petit + *La tradition veut que l'on serve les grillades avec du riz ou des vermicelles de riz à l'huile aromatisée aux oignons nouveaux. Pour cela, chauffez l'équivalent d'une cuillerée à soupe par personne d'huile d'olive, ciselez 1 oignon nouveau, mélangez bien et faites chauffer le tout dans une casserole 5 minutes. Laissez refroidir et arrosez vos vermicelles ou votre riz de cette huile.*

Ravioles aux crevettes et sauce citronnelle-curry

Pour 4 personnes
Préparation : 15 min
Cuisson : 50 min

20 crevettes crues décortiquées
1 paquet de feuilles à ravioles won-ton (épiceries asiatiques)
1 œuf
1 brocoli
2 échalotes
2 bâtons de citronnelle
25 cl de bouillon de volailles
25 cl de crème de coco Suzi Wan®
1 bouquet de menthe
1 cuill. à café de curry
1 filet d'huile d'olive
Sel

• Pelez et émincez les échalotes. Faites-les suer dans une casserole avec un filet d'huile d'olive. Ajoutez le bouillon de volailles, la crème de coco et le curry. Ciselez les bâtons de citronnelle et ajoutez-les au bouillon. Faites bouillir et laissez mijoter 30 minutes. Mixez ce mélange et passez-le au chinois.

• Découpez des petits bouquets de brocoli et faites-les cuire 10 minutes dans de l'eau bouillante salée, puis égouttez-les.

• Dans un bol, battez l'œuf en omelette. Disposez au milieu de chaque feuille à raviole une crevette crue, ainsi qu'une petite feuille de menthe. Avec un pinceau, badigeonnez d'œuf battu le contour de la feuille et refermez avec une autre feuille. Utilisez un emporte-pièce ou un verre pour détailler un joli rond sur votre pâte à raviole.

• Faites cuire vos ravioles dans de l'eau salée frémissante. Dès qu'elles remontent à la surface, retirez-les.

• Dans des assiettes creuses, versez un fond de sauce, du brocoli, puis ajoutez les ravioles au milieu.

Petit + *Une fois les brocolis cuits, arrêtez la cuisson en les plongeant dans de l'eau glacée pour les garder bien verts !*

Nouilles au thon et aux câpres

Pour 4 personnes
Préparation : 10 min
Cuisson : 25 min

€€

400 g de nouilles aux œufs Suzi Wan®

25 cl de fumet de poisson

2 échalotes

2 poivrons piquillos

2 tomates

1 cuill. à soupe de concentré de tomate

30 g de câpres

2 boîtes de thon au naturel

4 pincées de piment d'Espelette

1 botte de ciboulette

1 noix de beurre

1 cuill. à café de Maïzena®

1 cuill. à soupe d'huile d'olive

- Faites cuire les nouilles dans une casserole d'eau bouillante pendant 30 secondes. Égouttez-les, ajoutez une noix de beurre, mélangez et réservez.
- Lavez les poivrons et les tomates, puis coupez-les en dés. Pelez et ciselez les échalotes, puis faites-les suer à la poêle avec une cuillerée à soupe d'huile d'olive. Ajoutez les dés de poivron et de tomate, puis faites-les revenir à feu moyen pendant 5 minutes.
- Dans un bol, mélangez la Maïzena® avec le fumet de poisson. Versez dans une poêle et ajoutez le concentré de tomate. Laissez mijoter à feu doux pendant 10 minutes, jusqu'à obtenir une texture sirupeuse.
- Émiettez le thon. Ajoutez-le à la sauce, avec les câpres. Versez le tout sur les nouilles, mélangez et parsemez de piment d'Espelette et de ciboulette ciselée.

Petit + *Remplacez le thon par des anchois ou du crabe. Vous pouvez également utiliser de l'aneth à la place de la ciboulette. Le piment d'Espelette remplace le poivre. Suivant l'intensité que vous souhaitez obtenir, augmentez la dose à volonté !*

Tartelettes à la noix de coco et aux framboises

Pour 4 personnes
Préparation : 30 min
Cuisson : 20 min
Réfrigération : 1 h

1 pâte sablée prête à l'emploi

250 g de framboises

100 g de chocolat blanc

15 cl de crème de coco Suzi Wan®

100 g de noix de coco râpée

Beurre pour les moules

Farine pour les moules

- Préchauffez le four à 180 °C (th. 6).
- Beurrez et farinez quatre petits moules à tartelettes. Foncez les moules avec la pâte sablée et piquez-la avec une fourchette. Coupez des disques de la taille de vos moules dans du papier sulfurisé et déposez-les sur les fonds de tarte, en ajoutant par-dessus des billes de cuisson ou des légumes secs. Faites cuire au four 20 minutes. Laissez refroidir.
- Faites fondre le chocolat blanc au bain-marie.
- Dans un saladier, mélangez le chocolat fondu avec la crème de coco, jusqu'à l'obtention d'une texture homogène. Laissez reposer au frais au moins 1 heure.
- Remplissez les fonds de tarte de la ganache à la crème de coco. Décorez avec les framboises et parsemez généreusement de noix de coco râpée.

Petit + *Plus la ganache sera froide, meilleure en sera sa consistance. N'hésitez pas à la mélanger au batteur pour l'aérer et lui donner ainsi une meilleure tenue.*

Crème
de Coco
Kokosroom

Boules coco

Pour 4 personnes
Préparation : 30 min
Cuisson : 20 min

Pour la pâte

60 g de farine de riz gluant

50 g de noix de coco râpée

50 g de sucre en poudre

5 cuill. à soupe de lait de coco Suzi Wan®

Pour le décor

100 g de chocolat blanc

50 g de noix de coco râpée

10 g de graines de sésame noir

• Préparez la pâte : disposez tous les ingrédients dans un saladier et mélangez bien, jusqu'à l'obtention d'une pâte uniforme. Ajoutez un peu de farine si besoin. Farinez vos mains et formez des boules de 3 cm de diamètre.

• Faites cuire les boules de pâte 15 minutes à la vapeur : placez-les dans un panier en bambou couvert d'un papier sulfurisé et posez le panier au-dessus d'une casserole d'eau bouillante.

• Faites fondre le chocolat blanc au bain-marie. Piquez les boules de coco à l'aide d'une pique en bois et trempez-les dans le chocolat blanc. Parsemez de noix de coco râpée et de graines de sésame noir. Retirez la pique une fois que la boule est sèche.

Petit + *Ce dessert se déguste généralement accompagné d'un thé vert ou d'un café. Pour épater vos convives, vous pouvez garder la pique en bois et piquez vos boules coco sur une plaque de polystyrène.*

Si vous n'avez pas de panier vapeur, vous pouvez utiliser un cuiseur vapeur ou poser une grille au-dessus d'une casserole d'eau bouillante.

Cupcakes à la noix de coco

Pour 8 personnes
Préparation : 30 min
Cuisson : 20 min

2 cl de crème de coco Suzi Wan®

20 g de noix de coco râpée + un peu pour le décor

1 œuf

40 g de beurre fondu

120 g de farine + un peu pour les moules

60 g de sucre en poudre

½ sachet de levure

Pour le glaçage

5 cl de lait de coco Suzi Wan®

50 g de beurre

200 g de sucre glace

- Préchauffez le four à 180 °C (th. 6).
- Fouettez le sucre et l'œuf au batteur. Ajoutez le beurre fondu, la crème de coco et la farine au fur et à mesure. Terminez par la levure et la noix de coco râpée.
- Farinez et remplissez les moules à cupcakes aux trois quarts. Faites cuire au four 20 minutes. Les cupcakes sont cuits quand la lame du couteau ressort sèche du gâteau.
- Préparez le glaçage : versez tous les ingrédients dans un saladier. À l'aide d'un batteur électrique, mélangez-les jusqu'à l'obtention d'une texture homogène. Nappez les cupcakes de ce glaçage. Parsemez d'un peu de noix de coco.

Petit + *Afin d'obtenir de beaux cupcakes, mettez le glaçage dans une poche à douille cannelée avant de le disposer sur les gâteaux.*

Crème de Coco
Suzi WAN
200ml

Avec l'aimable autorisation de la société Suzi Wan®.
L'éditeur remercie vivement Suzi Wan® pour son aide, sa participation et ses produits, nécessaires à la réalisation des photographies.

Photographies : Bernard Radvaner
Stylisme : Motoko Okuno

Direction éditoriale : Corinne Cesano
Édition : Delphine Depras
Direction artistique : Vu Thi
Graphisme et suivi artistique : Julia Philipps
Mise en page : APS/Chromostyle
Photogravure : APS/Chromostyle
Fabrication : Laurence Ledru-Duboscq

ISBN : 978-2-263-06081-6
Code éditeur : S06081
Dépôt légal : janvier 2013
Imprimé en France par Loire Offset Titoulet

Solar | un département **place des éditeurs**

place des éditeurs